별 터는 날

별 터는 날

국보문학 신인문학상 등단
전)서울시인대학 6대 동문회장
전)일원1동 상가번영회 회장
현)서울시인대학 재학 중
현)서울시인대학 9대 동문회장
현)강남 희망나눔봉사회 회장
현)일원1동 방위협의회 회장
숭실대학교 숭실에듀 방과 후 지도사
양성과정 제1기 수료(2018)

김문성 시인

〈공저〉
숭실에듀 『첫 열매들의 묵상』 제1호
서울시인대학 사화집 『첫 만남의 기쁨』 7호~15호

별 터는 날

초판 1쇄 발행   2026년 2월 12일

지은이 | 김문성
만든이 | 이한나
펴낸이 | 이영규
펴낸곳 | 도서출판 그린아이

등록 연월일 | 2003. 12. 02. 등록 번호 | 제2-3893호
주소 | 서울특별시 은평구 녹번로 6-11, 201호
전화 | 02)355-3035 이메일 | gmh2269@hanmail.net

ISBN 979-11-91376-69-2(03810)

별 터는 날

김문성 시집

그린아이

시집 출판을 앞두고 한참 망설였었다. 수없이 많은 출판물이 쏟아져 나오는 현대사회. 그중에 얼마나 많은 책들이 처치곤란한 비싼 종이 뭉치 쓰레기로 전락하는지 보아 알고 있기 때문이다.

처음 취미로 쓰던 시가 등단 후부터는 내게 소명이 되었고, 시가 쌓일수록 출판의 갈증은 강하게 나를 자극했었다. 시는 함께한 친구를 넘어 연인이었다. 오래전 생일 선물로 아내와 아이들이 어렵게 구해준 김지하 시인 시집 한 권, 고물장사 리어커에서 운 좋게 건져 올린 법정 스님의 에세이집, 그 스님의 소개로 알게 된 어린왕자. 그 친구 노랫소리는 자장가가 되어 나를 꿈꾸게 했었지. 그 시절 책은 그렇게 돌려 가며 읽었다.

지금 돌아 보면 시와 함께한 시간들은 내가 시를 쓴 게 아니라 오랜 세월 동안 시가 지금 내 모습을 그려낸 건 아닐까? 서울시인대학 최병준 학장님의 지도를 받은 지 어느덧 십수 년 세월이 흘렀고 학장님의 가르침은 거친 내 시의 단면을 다듬어가는 정과 끌이 되었다. 한 사람의 독자를 위해서라면 기꺼이 백 편의 시를 쓰는 게 진정한 시인의 자세. 시를 쓰는 일은 스스로 심장의 박동을 확인하는 일. 그래서 오늘 나는 시를 쓴다.

익살스러움은 사색을 낳고

다울 **최병준**
시인, 서울시인대학 학장
문학박사, 공학박사, 신학박사

김문성 시인의 시집 『별 터는 날』은 우리의 삶과 자연, 그리고 인간 존재의 아름다움과 고뇌를 깊이 있게 탐구하고 있습니다. 삶의 여러 단계를 진솔하고도 깊이 있게 그려내며, 개인적 경험을 차원 높은 정서로 승화시킵니다.

김문성 시인의 시는 우리의 삶을 오선지 위에 음표로 그려놓고 차원 높은 Hyper 시로 노래하여 깊은 울림으로 다가옵니다. 특히 성장 과정에서 겪는 다양한 감정들을 섬세하게 표현하여 우리의 내면을 돌아보게 합니다.

「뒷집 스토커」에서는 익살스러움 속에 묘한 긴장감과 사색을 담아내며, 일상 속 숨어 있는 이야기를 끄집어냅니다.

「변화하는 새벽」과 「새벽을 여는 사람들」에서는 새벽의 고요와 분주함을 통해 시간의 흐름과 노동의 존엄함을 그려내며, 희망을 잃지 않는 모습이 인상적입니다.

시집 『별 터는 날』 전반에 흐르는 따뜻한 시선과 깊은 성찰은 독자들에게 큰 위로와 영감을 줍니다. 김문성 시인이 느끼는 순간의 영감이 우리의 삶을 돌아보게 만드는 소중한 명시들로 탄생하였습니다.

세상을 새롭게 바라볼 수 있는 눈을 선물하게 될, 따뜻한 감성과 깊은 사유가 담긴 김문성의 시집 『별 터는 날』을 아름다운 시를 사랑하는 모든 분들께 적극 추천합니다.

제1부 ••• 뒷집 스토커

제2부 ●●● 세상을 담다

제3부 ••• 술잔에 비친 인생

뒷집 스토커

뒷집 스토커

뒷집 담장 너머
훔쳐보는 눈 있어
흠칫 창을 닫곤 하지

은밀한 눈빛으로
푸른 잎새 뒤에 숨어
위장색으로 여름을 보내고

이제는 너의 계절
벌건 눈빛으로
대놓고 거실을 넘보는 홍시.

어떤 한낮

그늘도 없는 골목 입구
한 옴큼 두 옴큼
채소를 늘어놓은 할머니

금방 따온 적상추도
철 없는 애호박도
투덜대다 시들해지고

얼굴 빨개진 양파의
소리없는 외침
행인들을 불러보지만

쥐꼬리만큼 남은 햇살
그대로 남은 채소는
산 듯 죽은 듯 요지부동

파장하려 채소를 깨우는
할머니 굽은 등에
하루의 무게가 천 근이다.

별 터는 날

긴 장대 챙겨 들고
뒷산으로 가자
오늘은 밤 터는 날

높다란 가지마다
창문 열고 내다보는
의좋은 형제들

머리에 떨어진 밤송이
눈물이 글썽글썽
노란 별이 총총총

한바탕 술래잡기
다람쥐도 양볼 가득
제 몫을 챙겨 가고

밤이 되면 모닥불에
밤다닥 밤다닥
맛있게 익는 소리

하늘을 올려다보니
잘 익은 별송이들
하늘도 털 때가 됐네.

내 안에 우주

고향길 신작로
아이처럼 줄 서서
손 흔들어 반기던 꽃

어릴 적 소꿉친구
숙희의 미소로
나를 설레게 하는 꽃

그 시절의 추억들은
세월이 갈수록
커져만 가는 블랙홀

손가락에 걸린 약속
도시 네온빛에
까맣게 빛을 잃었나

코스모스 꽃잎 속에
넌 향기로 살다
계절마다 날 찾아와

가을 벌판 지천으로
널린 꽃이라지만
넌 내 삶의 우주가 됐네.

장마 이야기

앞 냇가 두 마지기 논
물꼬 보러 간 엄마
거세진 빗줄기에
애간장이 녹아 흐르고

일 년 농사 배꼽참외는
노아의 방주인가
며칠째 노 저으며
뱃놀이가 한창이네

번쩍 우르릉 꽝꽝
요란스런 천둥 번개에
애호박 따던 누나
텃밭에 주저앉아 울고

휘모리장단 장맛비야
이별가를 불러다오
돈 벌러 간 아빠 오실 때
버선발로 맞을 수 있게.

인생은 카멜레온

나도 한때는
어둠을 뚫고 일어서는
해맑은 새벽이었고

여린 햇살로
세상을 바라보던 눈빛
잔잔한 아침이었소

청년 시절의 열정은
보라매의 날갯짓
높이 높이 날아올랐고

때론 친구가 좋아
술잔 속 시어를 낚는
김삿갓이 되기도 했었다

이젠 서산에 걸터앉은
붉은 석양이 되어
자화상을 그리고 있다오.

별이 된 영웅들

가슴속 깊이 간직한
태극기를 적시던
붉은 꽃물을 보셨나요

6월의 뙤약볕 아래
떨어지던 여린 꽃잎들
지금도 기억하시나요

전우의 주검 앞에서
삶은 사치라며
목숨 바쳐 지키던 고지

전장에 어둠이 내리면
하늘 가득 빛나던
별이 된 전우의 눈동자

그날의 기억들은
지울 수 없는 나이테
빨간 나이테로 살아가네.

꽃샘 감기

거리에 비가 내려요
꽃잎에 내린 비는
떠나시던 님의 눈물

가슴을 흠뻑 적시던
작별의 인사처럼
빗방울이 추억을 적셔요

사나이 눈물은
가슴속 강물이 되어도
뺨으로 흐르진 않죠

마음속에도 비가 내려요
차갑게 날 적셔요
감기가 오려나 봐요.

변하는 세상

대청공원에 날아든
까마귀 한 마리
매서운 발톱
넘치는 카리스마

한가롭던 비둘기 떼
깨져버린 평화
눈치만 살피며
구구단만 외우네

젊은 비둘기 한 마리
다가갔지만
날개깃 꺾인 채
깊은 상처만 남아서

어느샌가 변해가는
비둘기들 깃털
까맣게 더 까맣게
앞다투어 변해가네

창문 밖 대청공원엔
까마귀 세상
평화롭던 비둘기는
어디에도 없더라.

별들의 고향 1

아이야, 일어나렴
별 따러 가자
아파트 옥상에
매어 둔 반달배 타고

어기여차, 노저어라
갈 길이 멀구나
도시를 벗어나면
사막 저편 전설의 땅

별빛이 들려주는
이야기 속에는
내가 듣고 자랐던
우리 어머니의 자장가

별빛에 물이 들어
노래진 눈동자
가슴 가득 담은 별빛
이제는 외롭지 않으리

쏟아지는 별빛 아래
팔 베고 누우면
풀지 못한 수수께끼
내 삶의 의미가 보이네.

별들의 고향 2

아이야, 일어나렴
별 심으러 가자
아파트 옥상에 올라가
만월배 불러 타고

콩나물 시루 가득히
키워낸 별씨를
할아비 망태기에
조심조심 담아 오렴

까맣게 타버린 황무지
도시의 하늘마다
별씨를 가득 심어
우린 꿈도 함께 키우자

파란 하늘엔 양떼구름
밤하늘엔 별빛 가득
은하수 강물에
오리배를 띄울 때까지

밤마다 별빛 내려와
꽃잎에 이슬로 맺히는 건
날 위해 기도하시는
어머니 눈물인 걸 알았네.

K는 시위도 축제다

가족끼리 친구끼리 연인끼리
밝은 얼굴로 모여든 사람들
매일매일 하나 되어 축제 중

젊음의 열기 가득 찬 여의도는
이미 봄날 민주의 꽃이 핀다

군중의 함성은 노래가 되었고
결연한 몸짓은 K팝 춤사위

꽃잎이 떨어지던 그해 5월을
우리는 똑똑히 기억하지
다시는 이 땅에 슬픔은 없으리

자유와 민주가 가슴에 차올라
뜨거운 눈물이 흐르고 흘러

독선의 먹구름이여 물러가라
눈부신 봄꽃 흐드러질 테니

여의도 간 막내야 자랑스럽다.

내일은 금주

술을 끊어야겠어
한 잔 걸치니
달빛이 휘청이고

술을 끊어야겠어
몇 잔 술에도
신호등이 깜빡깜빡

막잔은 남겨야겠어
취한 건 난데 왜
세상이 미치는 거니

반쯤 찬 술잔에
달빛 한 조각 띄우니
저물어 버린 세상

술을 끊는다는 말에
마누라 주름살에
분홍 장미가 피었네.

텅 빈 인생

난 속 없이 사는 대나무
혼과 결을 지키려
맘속을 비운 지 오래

때론 하늘 끝에 오르려
발버둥쳐 보지만
오를수록 빈속만 쓰려

어떤 날은 달빛에 취해
밤새 도시를 헤매다
새벽 별빛에 머릴 감고

가끔은 다시 태어나
세상 향해 울기도 하지
구슬픈 피리 소리로.

누님의 날개옷

들국화 향기 짙은 11월
안녕이란 말을 하기엔
서럽도록 맑은 날
햇살에 눈이 부셔
작별의 인사를 잊어버렸소

내겐 부모였던 누님
울타리가 되어주던 누님
날 위해 기도하던 누님에게
어떻게 작별 인사를 해야 합니까

단풍은 아직도 저리 붉은데
산허리를 베고 잠든
누님만 남겨놓은 채
어찌 발길을 돌려야 한단 말이오

슬픔도 아픔도 모두 벗어
한탄강 급물살에 던져 버리고
주님께서 마련해 주신
천사의 날개옷을 꺼내 입고

임 곁으로 훨훨 날아가시구려
임 곁으로 훨훨 날아가시구려.

눈물샘이 열렸네

한양조씨 문중 선산에
된서리 내리던 날
들국화 꽃잎 위에 잠든 누님

해거름 녘 봉분제는
보내는 아픔과
떠나는 슬픔의 마지막 포옹

참고 참았던 눈물이
용암처럼 솟구쳐
눈물샘이 활짝 열려 버렸나

바람만 불어도 젖어 들고
하늘만 봐도 흘러 넘쳐
가득 찬 눈물 너머 난 보았네

저기 저 붉은 노을 사이로
쏟아지는 빛살무리 속
환하게 웃어주는 익숙한 미소.

세상을 담다

세상을 담다

하늘은 붉은 노을을 담고
바다는 거친 파도를 담았다

창공에 독수리는 날개 가득
눈부신 햇살을 담았고

무언가를 담는다는 건
아름답고 소중한 일이지

양지쪽 작은 화분
작은 씨앗을 눈 뜨게 하고
생명을 돌보는 화분

따뜻한 시선으로 세상을 담고
질퍽한 삶을 노래하고 싶었다

인생의 오선지에 사랑을 그린다
사랑도 이별도 모두 다 음표다.

나이든 병아리의 행진

통장 잔고를 지키는 사이
몸속 근육은 빠져나가고

뱃살 통통 지갑은 홀쭉
인생은 그렇게 흘러가더라

셔플댄스 첫째 날 혼수상태
둘째 날 수업은 기진맥진
오늘 셋째 날 몸 따로 맘 따로

자신을 알라는 친구의 충고
기다려라 나는 별이 될 테니

뱃살 지방층 흘러내려
허벅지 근육이 될 때까지
셔플에 살고 리듬 속에 죽으리

오늘도 유월연습실에 흐르는
업다운 숨가쁜 리듬
늙은 병아리의 슬픈 행진곡.

그 이름 한강이어라

거친 산길 달려온 북한강
벌판을 살찌운 남한강
손에 손 잡으니 그 이름 한강

그녀의 붓끝에 핀 무지개
잠자리채로 별을 따주는
우리 작은 거인 그 이름 한강

마른 벌판에 젖을 물리는 강
무궁화꽃을 활짝 피운 강
우리 핏줄 한강 한강이어라

오천 년 역사가 용오름하니
세계인의 심장이 북을 친다
우리의 독무대다 막을 올려라

한강은 수천 년 흐르고
한강은 수천 밤을 새워
우리 가락과 이야기가 되고

스스로 별이 된 여인은
붓끝을 태우는 열정으로
지구촌 빛과 소금이 되었네.

내 안에 가둔 나

젖을 뗀 유아기
마법처럼 신기한 세상
호기심을 쫓아가다
미아가 되어 운 적 있었지

철없던 사춘기
뜬구름 쫓던 그 시절
가정이란 울타리는
발목을 잡는 사슬 같았고

세월은 날아간 새와 같아
청산 메아리가 되고
흘러간 청춘 냇물 같아
바다에 흰 파도가 되더라

새파란 청년기
총부리에 목숨 걸어 놓고
휴전선 철책을 지킬 때
민족의 상처 곪고 있더라

연약해진 나이 되어
부서진 울타리를 고치네
모두 떠나간 빈 둥지
울타리 깊이 나를 가둔다.

별이 된 홍시

짓궂은 비바람에 파랗게 질려
이파리 뒤에 몸을 숨기고

한여름 뙤약볕의 입맞춤에도
모른 척 외면하던 새침데기

누가 네 맘을 설레게 했던 거니
빨갛게 상기된 수줍은 얼굴

이제는 너의 계절 사랑의 계절
꽃보다 아름다운 사랑이여

홍시야 너의 이름만 불러도
입속 가득 고이는 행복한 추억

지나가는 사람들 널 바라보면
행복한 얼굴 홍시가 되더라

겨울을 견뎌낸 마지막 홍시는
겨울 하늘에 별이 된다카데.

변화하는 새벽

차가운 바람의 손길에
잠이 깬 새벽
어두운 창밖을 보니
무언가 다가오는 이 느낌

아직 창밖은 어둠의 품속
보이진 않아도
호흡으로 느껴지는
기대 가득 찬 변화의 시작

더 늦기 전에 어딘가로
떠나야 할 텐데
째깍째깍 시간의 칼날
삶의 비늘을 떨구고 있는데

위대한 계절은 살며시 왔다
머무를 새도 없이
황금벌판 너머로
짧은 꼬릴 흔들며 떠나가겠지.

새벽을 여는 사람들

뚜벅뚜벅 발소리와 함께
어두운 길을 걷네
수십 년을 걸어온 길이지만
매일 낯설기만 한 새벽길

휘적휘적 졸음을 떨구고
새벽 첫버스에 오르면
날마다 마주치는
피로와 근심 찬 저 얼굴들

덜컹덜컹 고단한 삶을 싣고
언덕길을 오르니
살며시 눈 뜨는 여명
가장의 얼굴에 미소를 피운다

매일매일 새벽에 일어나
뽕잎을 먹는 누에들
부자들 옷을 만들기 위해
비단 실을 토해내는 노동자들

방울방울 흐르는 땀방울은
온 가족의 생명수
어떤 역경도 견디고 이겨내는
위대한 대한의 아버지들.

어제 오늘 그리고

나이가 드니 여유가 생겨
지나온 길 돌아본다
뿌연 기억 속 저무는 청춘

얼마나 많은 굽이를 돌고
고독한 늪지를 지나
내가 여기까지 왔는지

오늘 내가 여기에 서 있다
우연일까 필연일까
어떤 의미를 담고 있을까

어제와 오늘을 지나서
내일로 이어지는
험난한 우리 인생사다리

과거와 미래 사이 바닷길
현재 외로워 항해 중
어느 항구에 닻을 내릴까

인생은 아무리 화려해도
홀로 떨어지는 꽃잎
그래서 슬픈 모노드라마.

못 믿을 입추

그녀는 한여름의 소나기
무심히 찾아왔다가
흠뻑 적시고 돌아서 가지

붉은 입술로 속삭일 때면
맞장구치던 보조개
그래서 믿음이 깊었던 걸까

넌 뙤약볕에 찾아온 입추
어떤 황당한 말도
그 입술을 통하면 사랑 노래

진실게임이라 믿었던 사랑
올라가야 내려오는
가슴 아픈 시소게임인걸

이별을 사랑이라 말하며
다시 올 거란 약속은
긴 세월 녹슨 사슬이 되었다.

챔프가 되는 길

밤새워 들려오는 승전보
끈적이는 열대야
이미 잠을 잃은 지 며칠째
그래도 올림픽은 맛난 특식

양궁은 십 년째 우리의 텃밭
본토를 잠재워버린 펜싱
날아오르는 삐약이
대한민국 밤은 뜨겁기만 하다

금메달 목에 걸 땐 겸손이 필수
은메달은 꿈의 날개
동메달은 내일의 챔피언
내 삶의 메달은 어떤 색일까

질병과 싸우는 난 대표선수
오늘 흘린 땀방울로
내일은 나이테를 뛰어넘어
나도 진정한 챔프가 되리니.

여름날의 꿈들

여름밤 냇가는 동네 목욕탕
남자는 다리 위쪽
여인네는 아래쪽에
하루 피로를 벗어던지고

저녁이면 참외밭 원두막에
청춘 남녀 모여 앉아
건네는 눈빛에
피어나던 분홍빛 미래

퇴근길 가장의 어깨 위엔
시들어가는 젊음
가족의 환한 웃음은
청춘과 바꾼 소중한 보물

돌아가고 싶어라
예고 없이 내리는 소나기에
흠뻑 젖는 그리움
흘린 땀방울에 영글던 꿈들.

고래의 꿈

한여름 소나기 내리면
빗줄기만큼이나 많은 추억들
오늘도 개구쟁이들의 여름은
신나는 모험여행

냇물에 어항을 놓고
오색 빛깔 불거지를 따라서
이리저리 뛰다 보면
긴긴 여름해도 짧기만 했었지

밤이 되어 마루에 앉으면
반딧불 날아올라 별빛이 되고
상상의 날개를 달아주시던
어머니 옛날이야기

어머니 무릎을 베고 누우면
바람이 불러주는 시원한 자장가
나를 찾아 달려오던 하얀 수염고래.

숨겨둔 비밀정원

푸른 숲속 작은 정원
둘만의 속삭임
꽃씨를 심고 가꾸던 그곳

손 모아 간절한 기도
메마른 대지에
사랑으로 피워낸 장미여

꽃송이를 지켜보며
찢어지던 설렘
천둥 번개 심장을 때리고

조심조심 다가가
네 예쁜 심장에
큐피드의 화살을 겨눌 때

온몸에 퍼지던 예감
비로소 알았지
운명 같은 사랑이라는 걸

사랑하면 사랑할수록
깊어지는 외로움
내 비밀정원에 노을이 지네.

문학의 실크로드

친구 따라 강남 간다기에
따라나선 그곳에
내가 꿈꾸던 세상
사계절 시향 넘치는 꽃동산

가슴속에는 설렘의 파도
천둥 치는 가르침
시를 쓰고 낭송하고
알을 깨고 나오던 시인들

고향이 항상 그리운 것은
두고 온 어린 시절이
거기 자라고 있기 때문
영과 육 서로의 갈망처럼

내가 시를 쓴다는 것은
심장 속 질긴 힘줄을 뽑아
세상에 던져질
촘촘한 그물을 짜는 일

나의 시는 천연색 물감들
긴 방황이 끝나고
파란 하늘이 열리면
향긋한 무지개를 그려야지.

벼랑으로 가는 길

중부 남부 오르락내리락
쏟아붓는 빗줄기
피땀으로 가꿔놓은 작물들
물속에서 녹아내리고

범람하는 붉은 강물은
악마의 빗자루
삶의 흔적조차 지워버려
안타까운 단말마의 절규

연일 보도되는 기후변화
갑부들이 벌인 술판에서
서민들은 안주일 뿐
이 저문 세상에 노아의 방주는

아서라 말아라 돌아가자 했잖니
종말을 향해 달리는 기관차
우리 모습이 참 가관이구나.

봄비의 유혹

봄비가 내리면
가끔은 눈물이 흘러
긴 터널 어둠속을
지나온 자만이 아는 고통

봄날이 이리 짧은 건
기다림이 길기 때문
봄을 기다리지 않을 테야
그냥 스쳐가게 버려둘 뿐

사랑은 또 이별만을 남기고
난 방황의 끝자락에서
길 잃은 미아처럼
슬픈 노래로 밤을 지샐 테니

오늘도 봄비의 유혹
난 마음을 걸어 잠그고
간절히 기도해 제발
날 부르지 마 난 슬프지 않아.

내 고향은 충청도

마을 앞 시냇가는 아이들 천국
물놀이 고기잡이
종일 들리던 웃음소리

구불구불 뱀고개는 눈물의 고개
배웅 나온 어머니
눈물로 돌아서던 고개

내 고향 남쪽에서 꽃은 피어나고
도시의 거친 밤거리에서
청춘은 늙어간다

지금 난 거슬러 오르는 지친 연어
쉼 없이 헤엄쳐 보지만
고향은 점점 희미해지네

언젠가 나 바람 되는 날
고향 선산 푸무골에 날 풀어주오
그리운 님을 만날 수 있게.

벌거벗은 산수유

데모산 등산로 입구에
맑게 웃는 산수유
봄을 전하는 아기 천사여

산바람은 아직 차가운데
잎새 한 장 걸치지 않은
노란 벌거숭이 꽃

오는 사람들 시선 잡고
가는 사람들 발길 잡아
재롱잔치가 한창이구나

긴 겨울 어떻게 참았니
이리 놀고 싶어서
봄날 햇살에 눈이 부시다

등짐 벗어 놓은 우리 엄마
선산에 모시던 날도
산수유 이리 곱게 피었었지.

어머니와의 인연

어머니는 수틀 속에
꽃 한 송이를 피우기 위해
천 땀 만 땀 땀방울을 흘리셨고

어머니는 품안에서
자식 하나 키워내기 위해
천 번 만 번 눈물 강을 건너셨네

세상 가장 무거운 게 인연이요
가장 질긴 것 또한
인연이라 하였거늘

부부의 인연은
억년의 시간이 필요하고
부모 자식 인연은
억 번의 기적이 필요하다네

무슨 잘못에 엄마가 되고
무슨 잘남으로 아들이 되었는지
인연이란 참 아름다운 슬픔.

3월이 오면

오래전에 베어버린
매화나무 빈자리

올해도 찾아왔네
꿈결같은 매화향기

떠나버린 옛사랑의
설레던 기억처럼

3월이면 되살아나
봄비를 내리게 해

애처로운 마음에
가라 가라 하지만

춘삼월이 저물도록
나를 꿈꾸게 하네

오는 향기 가는 청춘
막을 수가 없어라.

술잔에 비친 인생

술잔에 비친 인생

참던 숨 몰아쉬는 월요일
한 주를 마무리하고
내면의 눈을 뜨는 오늘
나를 충전하는 포상 휴가

노을이 타오르는 창가에
술잔과 마주앉았네
한때는 나도 순수하고
도수 높은 깐깐한 남자였네

귓속에 녹아드는 발라드
반쯤 꺾어진 술잔
이제는 우리 둘이서
대차게 인생을 논할 시간

우리 함께한 세월만큼이나
힘든 날도 많았지
터지는 눈물 억누르며
하루 하루 바람이고 싶었다

오늘도 우리는 함께하지만
결코 널 사랑치 않으리
언젠가 다가올 이별을
아름다운 축복이라 부르리

후회 없는 삶을 살기 위해
오늘은 잔을 채우고
내일은 꽃을 피우리
친구여 끝잔은 남기고 가세.

때 이른 장마

오늘처럼 비 오는 날이면
맘속엔 하루 몇 번씩
낙엽 지고 새순이 돋고

여름 한낮 소낙비는
참았던 그리움 빗장 풀어
말랐던 눈물의 강이 흘러

뒷동산에 걸린 무지개의
곁가지를 꺾어서
임의 옷섶에 달아주던 날

처마끝에 낙수의 노래는
세월 가도 그대론데
우리 약속은 철지난 유행가

비를 품에 안은 구름처럼
님아 내게로 오소서
뽀송뽀송하게 내게 오소서

앞 냇가 이 빠진 징검다리
쌓다 만 공든 탑도
임 오시기만 기다리는데

여름 가기 전 어서 오소서
원앙금침 솜이불 꺼내
이열치열 땀띠 나게 놀아보세.

지금 필요한 것은

꽃을 피우지 않으면
봄이 아니요

거둘 결실이 없으면
가을이 아닌 것을

민심은 태양
권력은 그림자일 뿐

벽을 깨고 나오라는
뼈 때린 회초리

지금 네게 필요한 건
탕후루가 아냐

오늘 변화만이
내일을 얻을 수 있어

허물 속 감춰진
진실의 날개를 보여줘.

넝마주이 인생

커다란 망태기 하나를
업보처럼 둘러메고
세상이란 쓰레기장을
뒤적이며 살아간다

영혼에 단비가 되어줄
한 조각 시어를 찾아
질퍽한 삶의 현장
부대끼며 살아간다

가끔은 꿈속에서
별빛 영감 한 조각 주워
설레이는 맘으로
잠에서 깨어나지만

꿈은 고추잠자리
멀리 멀리 날아가 버려
또 허접한 땀방울로
행과 연을 채우는 양아치.

물텀벙이 인생

아버님 생전 말씀하시길
물처럼 살라 하셨지
막힘 없고 꺾이지 말고
물처럼 흘러가라 하셨네

사내 대장부로 태어나서
그래도 체면이 있지
어찌 맹물로 배를 채우랴
소맥 정도는 마셔줘야지

어머님 내게 말씀하시길
술에 물 탄 듯이
줏대 없이 살지 말고
독한 맘 먹고 살라 하시네

효도하려 독한 술로 바꿨네
고량주나 양주로 바꾸니
지갑 속의 카드보다
위장이 먼저 빵꾸가 난겨

H$_2$O 이런 건 잘 모른다네
그냥 내가 아는 건
물은 생명인 거라
생명의 어머니란 말이지

과음한 다음 날 아침
아내가 건넨 꿀물 한 잔은
내겐 생명수인 거여
아내는 나의 구세주랑께.

꽃은 가지에 있을 때 아름답다

하얀 가운을 찢어
붉은 깃발을 만든다 해도
생명의 불빛을
외면하지 말아야 한다

청진기를 잡았던 손에
장검을 들더라도
히포크라테스의 선서는
잊지 말아야 한다

꽃은 떨어져야
소명을 다하는 것이고
의술은 생명을 지킬 때
빛나는 것인데

나의 지갑을 살찌우려
사명을 저버린다면
메스를 통째로 삼키듯
어리석은 일이거늘

들리는가 창백한 얼굴로
숨죽여 우는 소리
그대 손 내밀어 잡아줄 때
우리의 영웅이 되리니.

회장님이 뿔났다

생명을 인질로 잡은
쿠데타였던가
흰 가운 회장님 뿔났다

권력도 금력도 가라
그들은 넘볼 수 없는
선택받은 지배종

청진기를 가슴에 대면
오금이 저려오고
창백해지는 내 지갑

병들고 힘없는 자들은
거리를 헤매다
어둠의 벽을 넘어야 하나

국민들이 뿔났다
벙어리 냉가슴 앓다가
하나 둘 일어서는 사람들

그들은 정복자에서
구세주 행세를 하려 하네
신보다 더 무서운 가운들.

한민족의 애환

아리랑 고개 넘어간 님은
세월 가도 소식도 없고

발길이 끊어진 산허리
억새의 노래만 서글프다

끊어진 철길 시린 바람아
너마저 갈길을 잃었나

빛바랜 이념 녹슨 철조망
누굴 위한 분단이더냐

함께 봉숭아물을 들이던
네가 몹시도 그리워서

어떤 이는 잊고 살지만
아직 난 그날을 기다리네.

어머니의 백설기

마당 한쪽 돌절구
돌부처 닮은 인자한 자태

객지에 나갔던 자식들이
집에 오는 날이면

한나절 절구와 씨름하던
어머니의 굽은 등

손떼 묻은 떡시루
뜨거운 눈물로 익어갈 때

달콤한 떡 내음을
동구 밖에 마중 보내놓고

혹시나 허기질까
서둘러 떡 써시는 어머니.

어떤 낙화

꽃 피는 계절이 와도
내 안 그대는 지네

바람이 숨을 죽여도
꽃잎이 떨어지듯

봄비와 함께 걸으며
네 안부를 묻다가

검게 타버린 심장에
붉은 노을이 뜨네

눈물마저 말라버려
부서지는 낙엽들

난 비로소 알았네
져야만 다시 피는 걸.

딸에게 보낸 총각김치

부산 사는 딸에게
총각김치를 부쳤네
꾹꾹 눌러 담아
아낌없이 보내주었네

엄마 손맛을 아끼느라
싱싱한 총각김치가
할배김치가 되고
찡한 그리움만 남겠지

집안 대대로의 손맛은
아내에서 딸에게로
김장은 한국인의
핏속에 흐르는 자긍심

멀리 날아간 철새처럼
외로운 작은 새야
총각김치 많이 먹고
뽀빠이처럼 힘을 내렴.

함박눈과 싸락눈

아주 오래전 눈이 내려
소녀의 머리 위에
소복소복 함박눈 쌓이고

째깍째깍 시간의 땀방울
우린 운명의 강을
건널 용기가 없었네

먼 길 돌아 마주선 오늘
그녀의 머리 위에는
싸락눈 희끗희끗

이래서 첫사랑이란
채워도 채울 수 없는
똑딱단추라 했나 보다.

겨울 이별

겨울비 내리는 밤
내 임은 떠나고

아침에 창을 여니
벌거벗은 나목

철 지난 허수처럼
우두커니 섰네

거리에 떨고 있는
낯익은 교회 종소리

거미줄에 걸린 채
녹슨 국화 향기

12월이 다가오면
내 안에 가시가 돋아
날 찔러대고

변심한 바람만
머릴 흔들고
벌판 넘어 사라지네.

창 밖에 설악

설악산이 어딘가 했더니
내 집 앞이 설악이네

마누라와 정이 들면
양귀비보다 이쁘다더니

설악산이나 청량산이나
단풍빛은 도긴개긴

발이 묶여 못 갔더니
창밖에 설악이 날 찾아와

그래 훨훨 타올라라
내 맘까지 불태워 버려라

붉게 붉게 타오르다
재만 남아도 나는 좋으니.

삶은 설렘이다

퇴근길 버스를 탔다
앙상한 양팔로
손잡이를 잡고
정육처럼 흔들흔들

지금껏 그래왔듯
때론 흔들리고
그러다 설레이고
박쥐처럼 대롱대롱

인생길에 두근두근
설렘조차 없다면
삶의 굽이굽이
꺾이고 좌절했겠지

세상의 등짝에 올라탄
나는 카우보이
고삐를 움켜쥐고
꿈을 향해 달리는 거야.

왕새우 이야기

퇴근하는 작은딸이 들고 온
짙푸른 바다 한 상자
철갑의 대하왕자는
순식간에 주인공이 되고

우리들은 식탁에 둘러앉아
그분께서 불러주는
탱글탱글 세레나데
싱싱한 바다의 노랠 들었네

오신 지 둘째 되는 날에는
내가 영접을 했지
왕관을 벗겨 모셔놓고
갑옷을 벗기며 알게 되었네

이분이 천하 통일을 못한 건
갑옷 앞섶이 헐거워
쉽게 벗겨진 때문이 아닐까
아니면 고래도 이겼을 텐데

나는 어쩌면 오늘 밤 꿈에
혹등고래를 타고
거침없이 대양을 누비는
전하의 꿈을 꾸는 건 아닐까.

이별의 방정식

사랑하면 할수록
돌아선 발길은
웃으며 보내줘야지

꽃잎이 떨어지면
열매가 남고
사랑이 떠나가면
아름다운 추억이 남아

이별은 사랑의
또 다른 이름이라네

떨어진 단풍잎
겨울 나목에
봄꽃으로 피어나듯

사랑했던 추억들은
가슴속 영롱한
별빛으로 남는 것

아껴둔 미소로
사랑을 보내는
당신은 멋진 사나이.

신과 나

신은
인간을 길들이려
결혼을 만들고

인간은
신을 부정하려
이혼을 만들었다

사랑과 전쟁은
신이 내준
정답 없는 숙제

인간은
전장에서 죽고
신은 인간의
가슴에서 죽었다.

시월은 아버지다

풍요를 아낌없이
나누어 주고
겨울 향해 돌아서는
시월의 뒷모습은

좋은 것들은
가족에게 주기 위해
힘든 세월을 사시던
아버지 모습 같아

쓸쓸히 돌아서는
시월의 등에 대고
크게 소리쳐 부르고 싶다
아버지 나의 아버지.

남남 결혼식

무지개 깃발 아래서
백년을 언약하고
뜨거운 포옹으로
사랑을 맹세하지만

부부라 하기엔
모든 게 어색하고
친구로 보기엔
안타까운 현실인걸

뼈를 깎는 고통으로
여기까지 왔는데
고슴도치 아픈 시선
어찌 견디려 하나

웨딩드레스 입은 신부
급히 뛰어든 곳
깜짝 놀란 남자들
소변빨이 짤렸다는데.

제4부

시월의 뒤안길

시월의 뒤안길

시월은 딸들 시집가는 달
푸른 커튼 뒤에 숨어
긴 밤을 소곤대더니

9월 햇살로 화장하고
시원한 바람에 머릴 감고
푸른 달빛은 웨딩드레스

하나둘 임 찾아간 후
오늘 텅 빈 가지는
찬바람에 한숨을 토한다

시월은 외로운 계절
사랑을 찾아서
떠나는 모습이 안쓰러워

홍시가 떠난 가지에
맴도는 까치야
겨우내 나랑 친구해 줄래?

시인의 흔적

호랑이는 죽은 후
가죽을 남기고
이 몸은 죽어
시 한 수 남기려는데

허접한 내 신경망에
걸리는 게 없어
시인의 가슴만
까맣게 타들어가는 중

내가 태어난 의미에
삶의 가치를
덧칠하려 하는데
빛이 사라져가고 있네

첫사랑 입맞춤처럼
지독한 짜릿함
그런 시어를 찾아
오늘도 난 꿈을 꾸는데.

수줍은 감성

서늘한 바람의 손길
어루만질 때마다
소녀처럼 붉어지는 볼

하루가 다르게
예뻐지는 네 모습
대견하기는 하다만은

이렇게 예뻐지다 보면
누나처럼 금방
시집가 버릴 텐데

빈 가지에 눈이 쌓이면
홍시는 한 편의
시가 되어 남으리.

영감을 주는 친구

푸른 잎새 뒤에 숨어
숨바꼭질하더니
오늘 수줍은 얼굴로
나의 시선을 사로잡네

가을은 우리의 계절
네가 주는 영감이
내 붓 끝에서 익어가면
우린 시를 노래하고

은하수 강에서
고래를 낚아 올리고
거침이 없는 상상의 날개

붉게 익어가는 소리에
서늘한 창을 열고
가만히 불러본다

시인의 베프 홍시야.

견 하이에나

출신도 족보도 화려해
놈에게 집을 맡겼네

짖는 소리 똑똑하고
귀도 오뚝해
순종일 거라 믿었는데

털갈이를 지켜보니
진도 아닌 하이에나

도둑놈도 주인도
알아보지 못하고
시도 때도 없이 입질

완장 벗겨 쫓아내니
칼춤 추는 망나니

쥔 놈이 문제인지
견 놈이 문제인지
국민 미쳐 환장하겠네.

고추잠자리

그대는 나만의
빨간 고추잠자리

파란 내 영혼에
잔물결을 일구고

다가가면 갈수록
멀어지는 그대여

가끔은 내 고백에
홍당무가 되어도

사랑을 허락지 않네
나의 고추잠자리.

침묵의 보리암

금산에 올라와
구름에 앉으니
남해를 한눈에 넣었네

저 아래 보이는 세상은
재미없는 동영상
무심하게 돌아가고

천년을 묵언 수행 중인
보리암 바위를 보며
지난날을 후회하네

뼈 없는 세 치 혀로
뼈 있는 말만 뱉으며
잘못 살아온 긴 세월

혀는 양날의 칼
남에게 상처도 주지만
결국 내 심장을 찔러.

바람 같은 인생

한 줄기 바람이
수고한 자의 땀을 씻고
달콤한 바람은
대지를 흔들어 깨운다

바람처럼 살고픈
정처없는 나그네는
솔 아래 쪽잠으로
파란 향기에 물이 드네

이젠 등짐 가득 찬 나이
노을지는 고갯마루
잠시 뒤돌아보니
인생은 한 줄기 바람인 걸

산과 들이 집이요
세상 만물이 친구라
계절에 젖을 물리는
산들바람이고 싶어라.

난 길 위에 바람이었네

어린 시절에는
높아만 보이던 뒷동산
그곳에 올라서면
멀리 이어진 신작로

길은 길을 따라
산허리를 돌아 떠나고
소년의 야윈 꿈은
허공을 맴도는 고추잠자리

길 위에서 마주치는
아프고 슬픈 사람들
차가운 손을 잡고
뜨거운 눈물 나누다 보니

길지 않은 내 인생은
길 위에 부는 바람이었네
감정의 교차로에서
방황하는 바람이었네.

방주를 찾습니다

하늘이 열리고
쏟아지는 빗줄기
누구의 노여움일까
울부짖는 천둥 번개는

원래 하늘과 땅은
뜻이 하나였었다
땅 위에 인간의 욕심이
가득 차기 전까지는

문명이란 이름으로
하루를 살기 위해
초록별 지구는
천년을 버려야 하는데

밤새워 내리는 폭우에
도심은 아비규환
우리의 방주는
지금 어디쯤 있나요.

이별꽃 향기에 취해

우리도 처음부터 이별을
예감한 건 아니지만
너의 눈물로 알게 되었지

만남과 이별은 한배 쌍둥이
어머니 장바구니에
자반고등어 한 손처럼

아메리카노 한 잔 속에
피 땀 눈물들이
밤새 날 붙잡고 하소연

눈에 보이지 않는다고
없는 것은 아니야
내 안에 숨쉬는 너를 느껴

사랑 후에 남겨지는 건
미움뿐이라 하지만
어떤 이별은 북극성이 되고

사랑보다 진한 이별 향기는
5월의 흑장미라네
그 향기에 취해서 살아.

오늘이 가장 소중한 날

우리 지금껏 살아오며
기쁜 날이 얼마고
슬픈 날이 얼마였소

꽃이 곱게 피어나듯
찐하게 웃던 날이
언제였나 기억이 없소

세월은 거북이가 아닌
날개 단 토끼란 걸
나는 미처 알지 못했네

나이로 우리 인생을
재단할 순 없다지만
나이는 늘 무거운 등짐

그래도 남은 날들 중에
행복을 찾아가기엔
오늘이 가장 봄날이라네.

봄날의 신기루

금잔디 무덤가에
흐드러진 봄꽃

연분홍 진달래는
어머니의 꽃

그리움에 사무쳐
흐느끼다가

날 부르는 소리에
젖은 눈을 드니

눈부신 햇살 너머
어머니 미소.

새봄이 오면

바람에 뽀얀 살이 오르고
봄볕 노랗게 익어가면
분주해진 아낙들

마실 방에 아낙네들
웃음소리 따라
뒷산 진달래는 피어나고

오늘만은 여인 천하
금남의 꽃 잔치
뒷산으로 화전놀이 가세

솥뚜껑 하늘 위에
하얀 낮달을 띄우고
진달래 꽃잎 불을 밝히면

떡향기 꽃향기에 취해
어깨춤 덩실덩실
풍년을 부르는 꽃 잔치라네.

바람 바람 바람

빈 가지마다 주렁주렁
봄바람이 걸렸네
초록눈 잠꾸러기
실눈뜨고 내다보다가

주정뱅이 저 아저씨
춤바람나더니
백구두에 중절모
영국신사 되었구나

고들빼기 같은 이 세상
꽃바람 불어온다
찡그린 얼굴 펴면
주름살도 꽃잎이 되리

봄바람에 꽃바람 불어
춤바람 나면 어떠리
마음은 에드벌룬
내겐 꽃길만 남았는 걸.

그땐 그랬었지

동네 입구에 있는
한 뼘의 그늘에
노점상 할머니와
곁을 지키는 작은 호박 몇 개

그냥 지나치려는
내 시선을 붙잡는 애호박
왜 잊고 살아온
어머니 얘기를 하는 거니

오래전 그땐 그랬었지
아침에 일어나면
잎새 뒤에 숨은 애호박과
한바탕 숨바꼭질

어스름 저녁이면
채 썬 애호박 부침개는
가난했던 시절의
잊을 수 없는 호사로움

어머니의 호박전은
여름 내내 날 기쁘게 하고
애호박 좋아하는 애어른
설익은 우린 한통속이지.

어머니의 바다

아낌없이 주는 바다라지만
소중한 걸 빼앗는 것도 바다
그래서 돌아오지 못한 아버지

아버지가 멀리 떠나시며
바다에게 어머니를 부탁했네
그래서 믿을 건 오직 바다뿐

썰물 후 바다가 손 내밀면
어머니는 갯벌로 달려나가
청춘을 묻고 희망을 캐오셨네

갯벌은 어머니 손을 잡아주고
큰딸 손주들 학사모 막내도
갯벌이 달아준 엄마의 훈장

어머니는 내게 말씀하시지
때가 되면 저 썰물을 타고
네 아빠를 찾아 떠날 거라고.

어머니의 꽃 잔치

어머니께 가는 길에
활짝 핀 들꽃들
그중 날 불러 세우는
어머니 꽃 구절초

한 다발 드리고 싶어
무심히 꺾으려다
슬픈 눈망울에
빈손으로 돌아섰네

우거진 산길에서
가을볕에 길 물을 때
누가 보냈을까
들꽃 향기 날 이끈다

어머니 나라 금잔디
꽃 잔치 벌어졌네
엄마 미소로 반겨주는
흐드러진 구절초.

10월의 어떤 날

이불 속 스미는 새벽바람은
우리 마누라 손길
난 자꾸만 움츠러들고

째깍째깍 초침 구령에 맞춰
마음 착한 해님은
매일 뜨고 지고 뜨고 지고

국화 향기를 등에 업고
변심한 바람결
질투심에 타오르는 나뭇잎

아이가 놀다 마당에 버려둔
빨간 자동차 위에
가을이 오둑하니 앉아 있다.

하루를 여는 산책길

새벽 현관문을 여니
놀라 뒷걸음질치는 어둠
넌 참 소심한 겁쟁이

반갑다 울어대는 까마귀
낙엽을 차는 찬바람
숲길은 꿈결과 같았다

술 한 잔에 시인이 되고
두 잔 술에 신선놀음
세 잔에 난 철학자가 되네

청량산 새벽 산책은
자연이 주는 천연 비타민
오늘도 힘찬 하루를 주네.

제5부

온전한 쉼

나를 찾아 떠나는 여행

눈이 내린다
하얀 머리 위 눈이 쌓인다
난 겨울의 한복판에 서 있다

바람이 분다
관절 마디마디가 시리다
내 짧은 호흡에 성에가 낀다

계절 겨울은 봄을 준비하지만
인생의 겨울은
무엇을 준비해야 하는 걸까

날 스쳐간 수많은 계절 동안
난 어떤 꽃을 피웠고
어떤 열매를 맺은 걸까

계절은 순환하고 인생은 떠나
겨울여행은 자신을 찾아가는
춥고 외로운 도전이니까.

길 위에서 만난 천사

난 아마도 이 세상에
처음 태어났나 봐
낯설고 힘들어 울고 있을 때
믿음으로 지켜봐 준 너

우리는 아주 늦게 만났지만
먼 길을 함께 걸었네
때론 멀어져도
서로를 느끼니 외롭지 않았네

오선지 위에 나란히 걸려 있는
날개 달린 음표처럼
우린 함께 노래하고
같은 세상을 그리곤 했지

함께 있지 않아도
그대 향기 내 안에 머물러
시린 손 잡아주는
내 영혼의 동반자여

다음 생에 우리 다시 만날 때
서로 외면하지 말기
아파하지 말기
사랑에 우리 전부를 걸기.

악취가 주는 고마움

어디서 나는 걸까
달착지근 부패하는 내음
시간이 갈수록
악취가 진동한다

싱크대를 열어 보니
무언가 썩고 있다
코끝에 악취가
얼마나 고맙고 다행인지

악취도 곰팡이도 없이
썩어가는 권력은
볼 수가 없으니
얼마나 두렵고 위험한지

나라가 부패하면
국민 가슴에 고름이 차고
권력이 썩으면
금은보화에 곰팡이가 핀다.

참 웃겨주는 나라

웃으면 복이 와요
개그 콘서트
재미난 코미디 프로가 많아
배꼽이 위태위태하더니

잘나가던 개그맨들
하루아침에 쪽박을 차고
진짜가 나타났다
무서운 놈들이 나타났다

이제는 나라가 나서서
완장 찬 놈들과
뺏지 단 놈이 웃기고 있다
참 웃기는 나라 개그민국

여의도 양치기 나팔소리에
네 편 내 편 나누어
엉덩짝을 흔들어 대니
웃기는데 왜 울고 싶은 걸까.

작별은 아프다

오래 타던 차 트렁크에
물건을 정리하고
폐차장에 연락을 했네

어릴 적 집에 돌아오면
제일 먼저 달려와
품에 안기던 검둥이

십 년을 함께 달린 세월
자꾸 눈가가 젖어
아닌 척 차문을 잠갔네

학교에서 돌아와 보니
팔려가버린 검둥이
난 아픈 이별을 배웠고

난 철이 덜 든 어른아이
어릴 적 기억이 겹쳐
가슴이 몹시도 시리다

우리 함께 저물은 세월
널 먼길 홀로 떠나보내고
난 얼마의 시간이 남았을까.

어머니의 누른국

아들이 객지로 떠나는 날은
어머니는 국수를 미신다
밀가루에 콩가루를 섞고
따뜻한 물로 반죽을 하신다

웃방에서 꺼내온 큰 도마에
긴 홍두깨를 손에 잡으면
반죽은 요술처럼 늘어나
커다랗고 뽀얀 보름달이 된다

엄마가 썰어놓은 국숫발은
분 바른 신부처럼 수줍게 웃고
아버지가 써놓은 붓글씨는
힘센 신랑처럼 듬직했었다

어머니의 누른국 한 그릇은
우리 가족의 신앙이었고
건강을 지켜주는 주치의요
그리움 달래주는 친구였었다

지금은 아내가 국수를 미네
어머니가 물려주신 손맛으로
이제는 그 맛이 행복이요
살아온 날들의 보상이라네.

세 여자의 떡국

어머니가 끓여주신
하얀 떡국은
떠내도 떠내도
줄지 않는 자식 사랑

아내가 끓여준
뽀얀 떡국은
식히려 할수록
더 뜨거운 애증 관계

큰딸이 끓여 온
오색 떡국은
잘 해주지 못해
흘리는 아빠의 눈물

세 여자들 덕분에
난 살아왔고
세 여자를 위해
나는 또 일어선다네.

봄비의 변신

아침부터 비가 내렸어
우수에 내리는 봄비는
기다림에 지친 여인 같아

퇴근 시간이 되니
비는 진눈깨비가 되어
짜증 난 우리 누나가 됐네

난 밤새 꿈을 꾸었다네
고추잠자리를 따라
빈 벌판을 헤매고 다녔네

아침에 눈을 떠 보니
눈꽃이 세상을 안아주네
따뜻한 어머니의 품처럼.

오월을 기다리며

수천 가지 꽃들 중에서
네가 으뜸인 건
곧은 절개를
믿고 있기 때문이지

천 가지 향기 중에
네 체취에 잠들 수 있는 건
가슴에 샘솟는
사랑이 있기 때문이지

혹독한 겨울은
장미의 의붓어머니
더 진한 꽃잎 더 진한 향기로
너를 키워낼 테니

그대의 붉은 입술 사이
달콤했던 날들
오늘도 그 생각에
취한 듯 또 하루를 보낸다.

여보게 친구야

새벽 별빛을 안주 삼아
몇 잔 술 기울이니
천금 같던 청춘이 가고

봄바람 꽃놀이 취한 사이
믿었던 젊음마저
날 버리고 떠나버렸소

이제 와 돌아보니
눈물 사이로 비추는
한바탕 웃음도 없진 않았지만

눈물도 웃음도
한순간의 막장 드라마
남은 건 오직 주름살뿐이네

떠난 친구 걱정은 말게나
다시 오는 놈이 없는 걸 보니
거기도 견딜 만한가 보오.

잃어버린 고무신

빗줄기가 굵어지면 나의 기억은
어릴 적 모습으로
마을 도랑 가에 서 있네

뒷산에서 시작된 거친 황토물
붉은 입술을 실룩대며
집 앞을 넘쳐흐르다

내가 아끼고 아끼던 꽃신 한 짝을
솔개처럼 낚아채
둥실둥실 사라지던 꽃배

마치 어릴 적
할머니가 타고 가시던 꽃상여처럼
속절없이 멀어져 갔었지

어디 잃어버린 것이 꽃신뿐이랴
내 푸르렀던 청춘마저
세월의 물살에 띄워 보낸걸.

내 인생의 등짐

등짐이 무거워 열어보니
나이테만 가득 차고

지갑이 가벼워 열어보니
모두 떠난 빈 둥지

에헤야 한평생이
광대 놀음만도 못하더라

한바탕 울고 나니
푸르던 청춘이 떠나가고

한바탕 웃고 나니
빈 들판 너머 뜸부기 울음

떠날 테면 떠나라지
늙은 시인의 주식은 외로움이니.

꽃의 꽃

어느 날 아내는 산책길에서
많은 꽃들 중에
아카시아꽃이 참 좋다며 웃었다

소박하고 하얀 꽃송이가
향기로 안아주면
엄마 품처럼 편안하다 하면서

엘리뇨와 라니냐가 널뛰기하는
녹색별 지구의 심장은
미친 롤러코스터

벌과 나비가 사라지고
꽃이 향기를 잃었다며
깊은 한숨을 쉬며 걱정하던 아내

여보 우리 소명을 다하는 날
나란히 선산에 누우면
아카시아 향기가
우릴 위한 자장가를 불러줄 거요.

온전한 쉼

술 한 병에 시 한 수를 쓰고
그 시에 취해서
한 병을 더 시키고

술이 형님인지
시가 아우인지
알 순 없지만 멋진 형제들

나는 이런 게 참 좋아
술이 시가 되고
시가 철학이 되는 시간들

내가 술에 취하면
시가 날 데려갈 거야
우린 또 멋진 꿈을 꿀 테니

뒤죽박죽이라 욕하지 마요
어차피 내일이면
난 말끔한 신사가 될 테니.

감기

8월 햇살은 뜨겁고
방안 선풍기도 지쳐서
녹아내리는 중

지금 나는 너무 추워
아무리 이불을
뒤집어써 봐도 자꾸 떨려

콧물이 흘러
눈물이 흘러내려
모든 것들이 무너져내려

네가 떠나가 버린 후
나의 계절은 겨울뿐
그래서 감기를 달고 살아

오래된 기침이
가슴을 후벼 파지만
이깐 고통쯤은 견딜 만해

넌 잃어버린 태양
밖으로 나가고 싶어도
너 없는 세상은 너무 어두워

나의 봄이 다시 와 줄까
내 사랑이 와 줄까
난 너무 추워 감기에 걸렸어.

나의 주치의

문을 열면 손을 흔들어
나를 반겨주는
주치의 아랫집으로
이사를 왔네

주치의와 만나는 새벽은
최고의 즐거움
오솔길 걷다 보면
난 숲속 솔바람이 되고

맨발로 걷다 보면 들리네
대지의 속삭임
투명한 이슬처럼
욕심없이 살라시네

청량산은 고마운 주치의
매일 매일 이렇게
맑은 공기와
생명의 햇볕을 주시니

주치의에 몸을 맡긴 2년
시들은 세포병정들
다시 일어나
날 살게 하는 청량산이여.

가을을 맞으며

문틈으로 들어온
서늘한 새벽바람이
이불을 끌어와
내 몸을 덮어주고

작은 창으로도
넉넉히 들어온 햇살
날 깨워 문을 여니
수줍게 웃는 코스모스

가을은
땡감의 바람끼로 시작해
뜸부기 울음소리로
작별을 고하지만

가을날의 이별은
가슴속에 영원한 등불
별빛 같은 눈물은
찬비 되어 거리를 헤맨다.

달 익는 밤

읍내에 다녀온 어머니
쌀가루를 내어놓을 때부터
우리 마음은 한가위
뽀얀 익반죽을 하고
깨고물에 햇콩을 준비하니
작은 소쿠리에 한가득

난쟁이와 키다리들
송편 모양은 제각각이어도
우리의 바람은 한 가지
밤톨 같은 어머니 송편은
따로 챙겨 두시고
못난이 송편은 가마솥에

싫증난 아이들은
아궁이 앞으로 몰려가
송편 익는 냄새에 취하고
홀로 남겨지신 어머니의
한 서린 노랫소리에
보름달은 영글어 간다.

허접한 달타령

동녘 하늘엔 둥근달
기도하는 새댁은 산달

지금 내 인생 초승달
그래도 꿈만은 보름달

월세가 밀렸네 이번달
미안한 마음에 안달

한가위에 달은 밝아도
서민들의 삶은 응달

달달 무슨 달
가장 어깨가 무거운 달

어디 어디 떴나
구멍난 지갑 속에 떴지.